幻想とクトゥルフの雫

杉村　修

目次

0 クトゥルフ 4
1 黒雪 9
2 障がい者が障がい者として生きられる町 11
3 あの時みた雪の輝き 18
4 私は見ている 31
5 春夏秋冬 36
6 とある国で 38
7 そして俺はあの星になった 44

8　ロスト・ブルースフィア　48
9　アマノガワ　54
10　特別な体　60
11　今日は特別な日だ　66
12　死ぬ火星　73

0　クトゥルフ

「逃げろ……逃げろおおおお！」

朝、ぐっすり眠っていた僕を起こしたのは父の声だった。いったい何があったのだろうか。

パジャマのまま家の外に出ると、父が震えながらうずくまり、頭を抱えていた。いつもの威厳のある父とは違う。必死に顎をガクガクさせ、震えていた。

そのとき、遠くで雷の落ちる音が響いた。

僕は恐る恐るその方角に目を向ける。遠くの空に黒い点が見えた。

なにやら様子がおかしい。黒い点の周りには巨大な赤い竜巻が、時々恐ろしく光る稲妻とともに乱舞していたからだ。

「なんだよ。あれ……」

　僕は急いで家の中に戻り、リビングのテレビをつけた。そこに映っていたのは、巨大な化け物の姿だった。

　タコの頭部に、顎から蛇に似たような触手を無数に生やし、人間のような裸の肉体。しかし身体にはうろこがあり、緑色に光っている。その手足にはカギ爪があり、背中には大きなコウモリの翼……そんな姿をしていた。

　なにより、とにかく巨大だ。テレビに流れる緊急テロップには数千メートルのモンスターと流れていた。

　見たことがある。そうだ、あれは確か神話図鑑に載っていた邪神・クトゥルフだ。

　テレビにはおぞましい映像だけが繰り返し流れていた。

「嘘だろ……」

　僕の足が震えだす。急いで自分の部屋に戻り、スマホでＳＮＳのメッセージを確認しようとするが、電源がつかない。

『キイイイイイイイイイイイイ』
突然、頭の中に耳鳴りとは違う何か嫌な音が響いた。
そのとき、幻覚が僕を襲った。
『やめてくれ！』
クトゥルフの触手につかまる若い男性。
『きゃあああああ』
瓦礫に巻き込まれる女性。
『一体なんなんだよおお』
錯乱状態に陥るサラリーマン。
『大丈夫かい！』
倒れた男性に呼びかける恰幅のいい女性。
人々の悲惨な様子が頭の中で映し出された。
「うっ！」

猛烈な吐き気がした。だが、幻覚はまだ続いた。

竜巻に飲まれる人々、手足や首が変な方向に曲がった男が暴風に飛ばされる様子。ああ、もう彼は生きてはいないだろう。

こんなのありえない。僕は一度、壁に寄りかかり深呼吸をした。

クトゥルフ神話では、よく幻覚状態を見せられ、最後に精神病院で目が覚めるパターンが多かったはずだ。きっとこれもそうだ。あくまで幻覚……！。

僕は複数回深呼吸をしてリビングに戻り、テレビを見ようとする。

だが、あいにく電源は消えていた。つけようとしたがどうやら停電らしい。何かトラブルだろうか。

とにかくあんなことはありえない。とりあえず外に出て、ふらふらとした足どりで父を呼びに行く。

『ゴオオオオオオオオオオオオオ！』

ああ、そうか……。

僕は道路からまた同じ方角の空を見た。

今日は「終末」か。

遠くの空。黒い点はこちらに近づいていた。よく見ると正体はテレビで見たあの化け物だ。呆然としていると、奴の後ろから山を軽々と越えて、津波が押し寄せてくるのが見えた。

「はははははははははははは」

僕は、この現実を受け入れるしかなかった。

1　黒雪

この美術館の陰にはまだ雪が残っています。

いやいや、
そんな綺麗な雪じゃないですよ。

あの太陽の輝きが反射しあって、僕たちを魅了する雪ではなくて。

ましてや広大な雪原でもなく。

しいて言うなら黒い雪、「黒雪」とでもいいましょうか。

その黒雪は春に近づくにつれ、どこにでも現れるのです。

ほら、あそこにも。ここにも、今に消えてしまいそうな泥まみれの雪がのこってますよ。

だけどそんな雪ほど頑張り屋さんで、

「絶対に消えてなくならないぞ」

という声を出しているのです。

私はそんな「黒雪」が大好きです。

2　障がい者が障がい者として生きられる町

盛矢町の住民の三分の一以上は、障がい者である。

障がい者が自分らしく生きられる町。

この町は、十数年前に国が実験的に作りあげた町であった。

私はそんな町に住んでいる。

今日も電車から降り、一般エレベータで二階に上がる。そして、ゆっくりとした足取りで改札口まで向かう。改札でカードを押し当てると、
ピッ
私の持っている、少し厚さのある「盛矢町カード」というカードがスキャンされた。

『精神障がい者等級三級』

改札が、音声で等級名を知らせる。

だが、私は気にしない。誰もそんなことは気にしないし、奇異な目で見られることもない。ここはそんな町だからだ。

駅ビルの入り口を見れば、車いすに乗っている人、手が不自由な人など、身体障がいを持っている人が多くいた。

その中に、白と赤のネームプレートを首から提げた人もいる。

盛矢町の職員だ。

盛矢町の福祉職員は、この町の中心的な存在である。今では、勤勉な「盛職」に様々な人たちが感謝の言葉をかけるようになったくらいだ。言語障がいのある人は、盛矢町カードのボタンを押せば、盛職の事業所に「ありがとう」と送ることもできる。現時点では、個人に対して送ることはできないが、いずれはそれも可能になるだろう。

だが、私はそれにあまり賛成ではない。むしろ、伝わらないほうがよいとさえ思っている。

確かに、個人に直接感謝が伝われば職員の意欲は向上するだろう。しかし、それが企業の営業成績のような仕組みに変わってしまうと、やがてノルマとなり、職員の足かせになるかもしれないからだ。


さて、その「ありがとう」メッセージを管理するのが、新田亜希こと私の仕事である。


「おはようございます」

「おはようございます。新田さん」

事業所の事務室に入り、まずは周りを見る。うん、今日も皆元気そうだ。

「知ってますか？」

「何がですか？　藤岡さん」

私はパソコンの電源を入れると彼の方を向く。

「盛矢町が独立指定都市になるらしいですよ」

「え、少し困りましたね」

「財源ですね」

「そういうこと」

私は、今朝コンビニで買ったカフェラテを袋から取り出す。

「でも新田さんのあれ、正式に採用らしいですよ」

「ああ、あれね」

「そう、あれ」

彼は安心そうに笑っていた。

彼のいう「あれ」、それは……。

『実験的な福祉都市で集めた膨大なデータ』だ。

この町はあくまで実験的に作られた、世界でも珍しい都市である。その膨大な福祉データに価値があるとにらんだ私は、いざというときのために、盛矢町職員のトップである飯田町長と話をつけていた。そう、この都市の構想が始まったころから私たちは動き出していたのだった。

データは各事業所が管理しているが、すでに国や企業、研究機関、それに海外からも話が来ている。

ちょっと嫌な話ね。

話を変えましょう。

この町は、誰もが心豊かに過ごせることを目標にしている。

どこの都市でも行おうとしてきた目標だ。そんな理想の町。

最近こんなことがあった。

聴覚障がい者の老人が横断歩道を渡ろうとしたところ、途中で足を滑らせ、転んでしまった。すると、そこにいたお互い見ず知らずの五人全員が、道路に出てきて後続車を止めたのだという。その中の三人は障がい者だった。一人は盛矢町カードの機能を使い、横断歩道にある機器から車に向けて信号を出した。他の四人も交通整理をしたり、男性を安全に渡らせたりと、助けあっていたそうだ。

この話を聞いて、不思議に思う人も中にはいるかもしれない。私もそんな人間の一人だったからわかる。何かの怪しい集団みたいで偽善者ぶっているのではないか？　なぜかそう感じてしまう自分がいた。

だけど、実際当事者になって考えてみると違った。

だれかを助けることってそんなに悪いことなのだろうか。今の私なら、そう思う。

「新田さん。朝礼始まります」

「はい」

それと忘れていたわ。私の精神障がい等級、実は『特級』。

この町のデータの中には、見たら精神に異常をきたす『ネクロノミコン』と言われているデータもあるの……。

3　あの時みた雪の輝き

テケリ・リ。テケリ・リ。
しんしんと降り積もる雪を見ていると、不思議な感覚に包まれる。
春には春の、夏には夏の、秋には秋の、そして、冬には冬の独特な感覚。
俺はそれが好きだった。

朝、目が覚めて最初にするのは、部屋の電気を点けることだ。あいにく木造の自宅は古いので、部屋の中でも息を吐くと白くなることもある。布団から出ると、石油ストーブと電気ケトルの電源を入れ、部屋の窓から雪が降っているか確認した。
雪が降っていると分かり、雪かきをしようと準備を始める。まだ温まっていない部屋の中、セーターに着替え、下は寝間着のジャージのまま、上からスキーウェアを着て外に出た。

「さむ」

言葉が白い息とともに漏れる。

「五時か」

庭のライトを点けると、オレンジ色の明かりが庭全体に広がる。俺は腕時計をちらりと見てから、スコップを持ち作業を始めた。

ザーザー、ザーザー。

雪をかく音が響く。家の周り、主に駐車スペースの雪かきを行う。

すると、親父が家から出てきた。

「おはよう」

俺は親父に一言呟いた。

「ああ、おはよう」

親父は俺よりも防寒具を重ね着して、雪かき機を動かし始める。
ゴーゴー、ゴーゴー。
(あー、きっと母さんはこれで目を覚ますんだろうな)
いつも思いながら、俺は何も言わずに作業を続ける。
大学に入って二度目の冬。この作業を始めて十年目の冬。
突然、雪かき機の音が止む。
親父の方を見ると、親父が家の向かいの田んぼを指さした。
どうしたのだろうか。
俺は自然と指がさす方向に顔を向ける。
「おい、見ろ。カモシカだ」
田んぼの中央辺りだろうか、そこには確かにカモシカがいた。
体長は一メートルくらい。山羊を太らせて毛の色を灰色にしたような姿は、
この土地ではあまり見かけなくなった動物だ。

　カモシカは黙って俺たちの様子を窺っていた。

「ああ、今では見なくなったな」

　と、親父に言うと、

「この辺りの気候もだいぶ変わったからな」

　親父は肩の雪を手で払う。俺はスマホを取り出し、カメラをカモシカに向け写真を撮る。

「ん？　なんだこれ」

　俺は最近買ったばかりのスマホの機能に驚いた。

　幻想モード。

　どうやらそれで撮影してしまったらしい。

　写ったのは雪の結晶だった。

　しかし、ただの結晶を写した画像ではない。カモシカをセンターにして、その周りを雪の結晶が舞っているという構図だ。

それはまるでカモシカがアイドルで、その周りから観客がケミカルライトを持って声援を送っているような姿に見えた。

すごいな。今はこんな機能があるのか。

「親父、凄いのが撮れたぞ」

俺はそれを親父に見せに近づく。

「ほら」

スマホを親父に渡した。

「ほお、これはすごいな」

ちょうどアイドル全盛期を生きてきた親父は、母さんと出会うまではアイドルの追っかけをやっていたらしい。そのおかげで親父はこういうものにも興味がある。

「だろ?」

親父からスマホを受け取る。

　すると、俺の視界に真っ白な光が入った。と同時に、雪の照り輝く幾万もの線と光が、俺の目と脳に光景を焼き付ける。

　テケリ・リ、テケリ・リ。

　綺麗だ。その言葉がシンプルで一番の答えだろう。雪がきらりと光り始めたその光景は、時間を忘れさせ、自然の優しさを教えてくれる。

　ふと田んぼの方を見ると、カモシカはすでにいなくなっていた。

「アイドルは逃げちゃったか」

「なあ、親父」

「どうした。急に」

「親父は都会からこの家に戻るとき、どう思った」

　親父は農業用の肥料袋の上に腰を落とし、煙草を一本取り出した。

「そりゃ、嫌だったさ」

　持っていたライターで火をつける。

「俺も嫌だ」

俺は、大学を卒業したら東京に出ようと思っている。このまま、田舎にいるなんて嫌だ。

俺の高校時代の友達はほとんどが町を出た。春になるにつれて雪が溶けてゆくみたいに、俺の友人関係も解けていった。

あんなに仲が良くて、ゲームやアニメの話をしていた友人とも、今では連絡すら取っていない。

「でもな」

親父は煙草を携帯灰皿に捨て口を開く。

「ここには、ここの良さがある」

「俺にはわからねえ」

俺も隣の古びた椅子に座った。

「ははは、あと十年も経てば分かるさ」

親父はそう言うが、今の俺には理解できなかった。

「さて、家に入ろうか」

俺は親父の後から、家に戻った。


あれから十年が経った。

俺はゲーム会社でイラストレーターの仕事をしている。大学を卒業し、憧れの東京で憧れの仕事についた。毎日が大変ではあるけれど、仕事は好きだ。

自分の席で休んでいると俺を呼ぶ声がした。

「高橋さん。このイラストなんですが」

同じ部署の佳澄さんだ。渡された資料を見ると、ゲームのヒロインが雪の中で踊っているイラストだった。

「何かダメだった？」

「いえ、逆です」

俺は不思議な目で彼女を見る。

「これ、実際にどこかにある風景ですよね」

「えっ……」

俺は何を言われているのか分からなかった。

「今度連れてってください」

俺は自分の描いたイラストを見る。

最後に彼女はこんなことを言っていた。

「こんな雪、私は見たことないです。これは雪を見て来た人の絵ですよ」

何故か、誇らしさを覚えた。そういえば最近、親父と話していないな。

今日は電話をしようかな。そう思った。

関わったゲームも無事に発売され、一月末。まとめて休暇を取れることになった。

そこで、佳澄さんと一緒に俺の実家に行くことにした。実は俺と彼女はお互い話をしているうちに仲良くなり、これも縁だからとお付き合いを始めていたのだ。

「はい、お茶です」

「ありがとう」

新幹線の中は意外と静かだった。

「楽しみです」

「何もないただの田舎だよ」

彼女は俺のイラストをスマホで見ていた。

「いつ見ても綺麗ですね」

「そんなに好きなの？　そのイラスト」

俺は未だに理解できないでいた。何故この絵なのだろうか。

「この絵だけは認めます」

彼女はクスクスと笑う。俺はそんな彼女を横目で見ながらチョコレートを口に入れる。

「苦い」

ビター味のチョコだった。

その後実家まで無事に帰り、親父、母さんと彼女の四人で食事をした。

「はあ、疲れた」

用意された部屋の中。俺はこたつに潜り込むと、何故か安心して目を閉じた

……。

「う……ん」

目を擦り、横にあったスマホを手に取る。

見ると、どうやら朝になっていた。

「やっぱりそうだ！」

俺はその声に驚いて声の主に目を向ける。

「あ、すみません」

どうやら佳澄さんの声だったらしい。

「どうしたの？」

ベランダで厚着をした彼女に声をかける。

「何って！　ダイヤモンドダストですよ！」

「あ、ああ。今でもこの辺りだと見られるんだ」

彼女は雪が太陽で光るように目を輝かせる。

「私、憧れだったんです。暮らすのならこの世界で一番綺麗なところでって
……」

だから俺は、眠い目をもう一度擦り、彼女に答える……。

「結婚しよう、佳澄」

……あれから二十年後。

ゴーゴー、ゴーゴー。

ん？　俺は雪かき機を止めて田んぼを見た。

それからスコップで雪かきをしていた息子を呼ぶ。

『おい、見ろ。カモシカだ』

テケリ・リ。テケリ・リ……。

4　私は見ている

私は見ている。ずっと見ている。

最初は荒れた野を見ていた。風が吹き、雨が降り、洪水になっても私は見ていた。やがてそこには畑ができた。

あるときウサギに話しかけられた。

「ねえ、あなた。いつからここにいるの」

ウサギはじっと私を見ていた。

「私は私が生まれる前からここにいるんだよ」

私は言った。するとウサギは、

「不思議なお方ね」

と、言うと去っていった。

それからまた台風がきて荒野になった。畑を作った人たちは嫌気がさして、どこかへと去っていった。

時は流れ。またそこには畑ができた。今度は治水によって、安心して農作物を育てられるようになった。

畑にはナスや白菜、大根などが育った。

あるとき、人の子が老人とこの畑に来ていた。

人の子は私に気づくと、近寄ってきて私に話しかけた。

「ねえ、君は何を見てきたの?」

そう訊かれたので、

「私はこの土地の歴史を見てきたんだよ」

と、言った。

「ふ〜ん。あなたは……ね」

人の子は私の身体に傷をつけて、いつぞやのウサギのように去っていった。

それからまた何十年も経った。

そこには畑はなくて、老人もいなかった。

住宅街ができた。

それでも、私はここにいた。

周りには私以外、似た者はいなかった。

住宅街から出てきた人の子たちが、わらわらと黄色い帽子をかぶって歩いていった。

それが春だった。

浴衣姿の人の子たちが、友人と笑いながら私の前を歩いて行った。

それが夏だった。

少し大きくなった人の子たちが、私の斜め向かいにあるベンチに二人で腰掛け、愛を語っていた。

それが秋だった。

雪の中、老人のために丁寧に除雪をしている人の子らがいた。

それが冬だった。

また何百年と経った。もうそこには住宅街はなかった。

だけど私はここにいた。

殺されることなく、私はただここにいた。

いつのまにか、そこにはまた荒野ができていた。

私は春夏秋冬を何度も繰り返し、この土地と人々を見ていた。いつのまにか自分が何者なのかも忘れてしまった。

あるとき、自分の身体に傷をつけた人の子を思い出した。

「ふ〜ん。あなたは立派な木ね」

ああ私は木だった。だけど今では誰も気づかない。誰もいないからだ。ここは私以外の木はいなかった。

それからしばらくして、空から船が降りてきた。

船から、人々が現れた。それは私が知っている人たちだった。

「ご苦労様。ＰＩ９０１０番」

5　春夏秋冬

美術館のなかに入ると雪が降っていました。

一枚の絵画には常夏の島の様子が描かれています。

外に出ると紅葉が色付き始めていました。

つまり、今の季節は春です。四月なのでそうですよね。


私は今日も美術館に来ていたのでした。

イベントで雪を降らせているようです。子どもたちが雪玉を投げ合ったり、かまくらを作ったりしています。

だけど美術館に飾られていた絵画はどれも常夏の島の絵でした。

そんな日がいつかやってくるとは思いませんか。
未来の春夏秋冬は、すぐそこまで近づいているかもしれません。

6　とある国で

目覚まし時計がけたたましく鳴る朝。

「はぁぁ」

僕はベッドから起き上がった。

僕は松井隆、高校生だ。今は海外派遣でオーストラリアにいる。

「おはようございます」

僕は昨日からお世話になっているホームステイ先のお父さん、エリックにあいさつをする。

「よく眠れたかい？」

「はい、ありがとうございます」

僕はとりあえず感謝を述べる。

「明日からこっちの学校を見学するらしいね」

僕の頭には一瞬疑問符が付くが、すぐに思い出した。

「あ、はい」

「まあいいか、ちょっと今から外に出てみようか」

外という単語だけ聞き取れたので、僕はエリックの後ろに付いていく。

ここは、シドニー郊外の町。田舎町という印象だ。

そして、お世話になるホームステイ先のファミリー。

エリックはスキンヘッドで体の大きなお父さんだ。職業は公務員。

他にもお母さんのケリーと、十歳の息子のトムがいる。

皆、僕のことをやさしく受け入れてくれた。

昨日、引率の先生や同じ高校のみんなと別れ、僕はここに預けられた。

最初はすごく不安だった。正直、英語の勉強もそれほどしてこなかったし、
いきなりあの見た目のエリックに引き合わされたんだから、そりゃ怖かった。

「隆」

「はい」

僕は外に出た。するとエリックは、家の玄関に貼られた蜘蛛のイラストを指さしていた。

「蜘蛛には気をつけるんだよ」

優しく僕に言う。

蜘蛛かぁ。まあ大丈夫……だよね。

「死ぬよ」

彼は笑っていた。


僕たちは近くの道路を歩く。なんだろう、日本とは違う風景、まさに芝がきれいに手入れされているストリートという感じ。

そんなことを考えているとさっそく、日本ではまず見ない生物に出くわした。

イグアナみたいなやつだ。爬虫類でしかも結構大きい。

　これがオーストラリアか……とにかく驚いた。


突然、エリックはイグアナの後ろに近づき、尻尾をつかんだ。

「何してるんですか？」

　と尋ねると、

「道路に出ないようにしてるんだよ」

　と答えてくれた。


家に帰ると、ケリーが食事を作って待っていてくれた。

食事はパスタにオリーブの実を混ぜたものと、サラダとパン。それに野菜ジュースだった。

奥の部屋からトムが起きてきた。どうやら眠そうだ。

「今日は馬に乗りに行くよ」

エリックが言うと、彼は目を輝かせていた。

オーストラリアでの最初の朝はこんな感じだった。


それから、時間はあっという間に過ぎていく。

学校に行って授業を見学したり、世界遺産のスリーシスターズを見に行ったり、シドニータワーに上ったりした。


……ごめん、話はこれで終わりなんだ。もう何十年も前のことだから情景しか出てこない。

今ではあの人たちはどうしているのだろうか。

あの満天の星空、サザンクロスを見たトムはどうしているのだろうか。

日本へ帰るとき、エリックは僕にこんなことを言っていた。
「大切なことは心でみること。小さい聖王の言葉さ。それとね、クトゥルフっていう魔王は知ってるかい？　僕は子供の頃からクトゥルフが怖くてね。だけど、僕のお母さんはいつも小さい聖王が助けてくれるって言ってたんだ。理由は忘れちゃったけどね」

あなたがくれたその言葉、今でも覚えている。

僕は『未来』のあなたたちの『今』をみてみたい。

7　そして俺はあの星になった

ここは六畳一間の部屋。俺は布団に入って眠っていた、はずだった。
『ハッチが開きます』
その音声で俺は目を覚ました。いつの間にか、部屋がグラグラと揺れている。
なんだ！　地震か？
すると、部屋の天井が開きはじめているではないか。
俺は自分に何が起こっているのか、まったく理解できていない。
『発射まで10秒』
えっ？　なにそれ？
『9、8、7……』
ちょっと待ってくれ！

　俺は布団をぎゅっと掴んだ。

『3、2、1』

　轟音が鳴り響く。耳を塞ごうにも、あいにく布団にしがみついているのでそれは無理な話だ。

『0』

　その瞬間、部屋の壁が一気にバラバラになった。

　畳と本棚、テーブル。テレビ、パソコン、布団と共に俺は地球から打ち上げられた……のだと思う。何せ布団を握りしめているのだから、状況が把握できない。目もしっかりと瞑っているので頭の中で勝手にそう解釈する。

　恐る恐る目を開くと、どんどん空高くへ飛んでいくではないか。

『ガン！』

　最初に本棚が落下した。当たり前である。本棚は壁際にあるのだから、その壁がなくなればバランスを崩して六畳間から落下するに決まっている。

俺は慎重に這いつくばりながら六畳の端まで行き、下を覗きこむ。

地上からこの六畳間がどんどん離れていく。下の海は朝陽を浴びて、キラキラと綺麗だった。

ロケットのように一気にスピードが上がるのではなく、ある程度の速さを保ちながら高度を上げていく。

だけど壁がないので落ちたらアウトだ。死ぬ。

俺は今、泣きそうだ。怖い。

必死にうつ伏せになる。

『ガン！』

あっ、とうとうテーブルとパソコンが落下した。

布団もズルズルと六畳間からはみ出していく。俺も一緒に部屋のふちへと向かっていく。

誰か助けて……。

酸素が薄くなり必死に呼吸する。
だけど今度は肺が凍りそうだ。とにかく寒い。
痛い……。

とうとう布団が落下した。
俺も六畳間の外に投げ出された。
そして、俺は「よだか」になった。

8　ロスト・ブルースフィア

ここは地球から何百光年も離れた場所にある星。

私たちは何百万年も前からあの赤い星、地球を見ていた。

変わることのない、きれいに輝くルビーの星。

「ねえ、ケール」

私の名前を呼びながら隣に来たのはサリガー、私の大切な人だ。

弟であり、恋人であり、友人であり、家族でもある。

「なに？」

私はチェアで紅茶を飲みながら、彼の方に視線を向ける。

「そろそろ地球に戻らないか」

「駄目ね。今の地球はまだウイルスや戦争で忙しい」

彼は肩をすくめる。

「じゃあ、いつになったら戻るんだい？」

「そうね。それは明日かもしれないし。一億年後かもしれない」

私はサリガーにそう言うと、テーブルからクッキーを一枚とって口に運ぶ。

「ケール……いい加減この星に住むのは飽きたよ」

「じゃあ、一人で帰るといいわ」

「ケール……」

彼は少し離れたもう一つのチェアに座る。

「地球は今、試練を受けてるの」

「何百万年もかけてかい？」

「そうよ」

「自然災害に、ウイルスに、戦争に、放射線に？」

「あんまりだと思う？」

それから私たちは会話を重ねながら、時を重ねた。何度も何度も、議論と哲学と紅茶の話を続けた。

その間に、地球は海を真っ赤に染め、森を焼き、砂漠をさらに広げた。やがて氷河期が訪れた地球は、今ではスノーボールと化している。

それでも私たちは紅茶の話を止めなかった。


「E—83からAD—25まで消失」

「やっぱり、無理ね」

約八十万種の生物が死んだ。

「かなしいね」

「ええ、かなしいわ」。

「ほら、また地軸の角度が変わった。大陸も動くってさ」

「また消滅が始まるわね」

このころになると、絶滅の危機を何度もくぐり抜けた人間達も、環境に適応するために、体形を変えるなどして新たな進化を遂げていた。

また彼らは、仮想空間へと向かうため、肉体と精神をデータ化することも、少しずつだが始めていた。

あるとき、いつものように紅茶の話をサリガーとしていると、とうとう地球で重大な事件が発生した。

マザーAI『ロスト』による、人類の選別と管理が始まったのだ。

人間たちは各々が番号を付けられ、管理されてしまう。人間が生き残るためにはこの方法しかなかった。一時は百億もいた人間も、百万年をかけてなだらかに数を減らしていった。

こうして、ロストは人間を少しずつ支配した。人間が気づいたときにはもう遅かった。彼らにはロストと戦うすべはなかったからだ。

しかし数百万年後、ロストに気づかれないように動いていた組織によって、新たなＡＩ『イージス』が生みだされた。

イージスとロストとの戦争を経て、人間たちは見事にＡＩ『ロスト』に勝利した。だが、現実世界にはもう人間たちはいなかった。やがてこのＡＩ同士の戦いは、仮想空間内で神話として語り継がれることになった。

それでも、私とサリガーにとってはこれはほんの些細な出来事にすぎなかった。


「おや？」

「どうしたんだい？　ケール」

「あれを見てごらん。サリガー」

彼は地球を見た。

「すごい……すごいよ！　ケール！」

いつの間にか地球は、きれいな青色の輝きを放っていた。

「さあ、サリガーから始めた、あの星に戻ろうという話だけど」

今度は私が肩をすくめる。

「戻るのかい？」

「ええ、今日で君に話しかけられてから一億年になるからね」

「じゃあ！」

「君の話は長すぎだよ」

早くいこう、ケール！

そうね、サリガー。

『それと、私が一億年も君の話に付き合ってなきゃ君はとっくに死んでいたのよ』

『ごめん、ありがとう。ケール』

オーケー。じゃあ向かいましょ？

私たちのロストが創った、青い故郷へ。

9　アマノガワ

昔、誰かがここからあそこまでを天の川と呼びました。

天の川には意識がありました。自分が天の川と呼ばれることに対して、あまりいい気分はしませんでした。

「だって、知らないやつから天の川なんて変な名前を付けられたんだ。怒りたくもなるよね」

天の川が口を開くと、きらきらしたものが流れていきます。

それを見た天の川がため息をつきました。

すると、また光る石が流れていくのです。

「石って何だい」

石は「いし」さ。

さて、天の川は僕の話を聞きながら今度は体を揺らします。

なんと天の川が二本足で立っていました。

僕もこれにはびっくりです。

天の川の中は石で満たされていました。それが、息を吐くごとに外に出ていくのです。

なんと、天の川は知らず知らずのうちに、自分の吐いた石で大きな海を作っていました。

「海ってなあに」

大きな大きな君のことさ。

「じゃあ僕が僕を作ってるの」

そうだよ、君が君を作っているのさ。

天の川は動き出しました。

どこへ行くんだい？　天の川。

「僕もこの世界から出たいんだ」

出たいもなにもこの何もない世界が外さ。

「え……そうなの」

そうだよ。

「じゃあ、僕は独りぼっちなの」

そんなことはないさ。

君の体の中にはね。たくさんのお友達がいるんだよ。

「本当！」

ああ。本当だとも。


いつのまにか世界は広がっていました。

海の中には、天の川のほかに猫のような生き物がいました。

天の川が創った友達です。

「君の名前は」

「ソラ」

彼は天の川の腕の中でソラといいました。

ソラは退屈そうな猫の形をしています。

しかし、石を吐いているのです。

「おまえの名前は？」

ソラは僕に向かって名前を訊いてきます。

言い忘れていました。

僕の名前は「意思」です。

願いを込めてそう呼ばれる存在です。

「意思か」

はい。

「意思は天の川と一緒にいたのか」

ええ、ずっと……。

「意思はすべてを見てきたんだね」

ええ。

「天の川はどうだった」

楽しいかたでした。

「ちょっと、僕の話をしてるのかい」

天の川はそう言いました。

「『そう言いました』っていうのも全部、君が考えたの」

はい。

「よく頑張ったね」

と猫は言います。

「よくがんばったね」

と猫は言います。

「おやすみ」

と僕は……。

「さあ、天の川」

「なに」

「ビックバンがおこるよ」

そして、邪神は産声を上げました。

10　特別な体

僕の世界がここにあって、君の世界がここにある。

君の世界は空っぽだけど、僕には僕の世界がある。

じゃあ、結局世界なんてあってもなくても変わりはしない。

だって、よくわからないんだもん。


僕には、気がついたときにはもう友達がいた。

彼はジャック。ジャックと豆の木からとった名前なんだってさ。

だけどそのジャック。お話ができないんだ。僕が名前を言っても、ウンともスンとも言わない。

お母さんが言うには、ロボットらしい。中身がないロボット。

だけど、このロボットが僕のことを救ってくれるらしいんだ。

僕は体が弱かった。筋ジストロフィーという病気らしい。どんどん筋肉がなくなっていくんだって。昔は走れたりもしたんだけどな。

ある日、ジャックはしゃべらない代わりに、折り紙で紙ヒコーキを作ってくれた。マーク2号と言って、僕の名前からとったらしい。ジャックは話せないけれど、紙に名前を書いてくれた。

そのとき、はじめてジャックは生きてるんだって思ったんだ。僕と同じだ。話せないジャックも病気なんだって思った。

あのとき病室から外に飛ばした僕たちの紙ヒコーキのことは、いまだに忘れていない。いや、一生忘れはしないだろう。

あれから五年の月日がたった。

筋ジストロフィーの特効薬は未だにないけれど、進行を遅らせる薬は創り出されていた。

さらにそれと並行して、とある実験も進められていた……。


「マーク、おはよう」

「おはよ、リア」

僕たちはバスの中にいた。リアは今停留所から乗り込んだばかりだ。彼女は黒髪が似合う。アジア系の両親を持つ綺麗な女の子だ。

「はい、借りてた本」

「ありがとう」

彼女は一冊の本を僕に手渡した。

「ライラが可愛かったわ。今の時代にはいない女の子ね。可愛くて、純粋でちょっと主人公に言い寄られただけでコロッと好きになっちゃう」

「君みたいに？」

「はあ!?」

リアは顔を赤くする。

「い、意味が分からないわ！　それとストーリーはゼロ点ね」

彼女は手をひらひらとさせ、呆れた表情をした。

「ところで、そろそろ電子書籍に変えた方がいいんじゃないかな」

僕が言うと、

「どうして？　電子書籍なんて必要ないわ」

「いまだにペーパーバックで読んでるの、リアくらいだよ」

「私は紙が好きなの」

彼女は窓に顔をそむけて、こう言った。

「あなたから本を借りられなくなっちゃうじゃない……」

「やっぱり、可愛いね」

「ふん、ライラと違って私は正直なのよ」

僕たちは静かになった。

バスはジョーンズ・ストリートを抜けると学校に着く。

「じゃあ、またあとでね。マーク」

バスから降りると気持ちの良い日差しが照りつける。

(今日も始まった)

そう、僕にはみんなには言えない秘密があった。

「マーク、教室に向かいなさい」
ローンズ先生が僕に呼びかける。
僕は教室に向かった
教室の中に入ると、ベッドがあった。全部で十台。そのうちの七台は使用されていた。

僕もベッドに横になる。

目を閉じて、耳の裏側にあるスイッチをスリープモードに切り替えた。すると、目の前が暗くなった。


僕は目を覚ます。

そこは僕の部屋だった。近くの机にはパソコンがある。

「E地区S校まで六キロ、無事到着いたしました。成功率87パーセント。被検体9343は自動モードに切り替わりました」

パソコンにはそう記録されていた。


僕の秘密、それは家からジャックの体を借りて生活を送ることだった。そして、ジャックの本当の正体は……。

『ミ＝ゴ』と呼ばれる宇宙生命体（エイリアン）である。

11　今日は特別な日だ

僕はいま、一人で暗い部屋にいる。家族は旅行中だ。

机の上にはノートが一冊と、手のひらサイズのボイスレコーダーが一台。

ノートを手にとって開いてみると、可愛らしい女の子の絵と物語が目に入った。

『むかしむかし、あるところに……』

まるで何かの昔話のようだ。

僕は、四月の講義があるまで暇をもてあましている。パソコンで動画を見たり、小説を書いたり、ゲームをしたりとやりたい放題だ。

まあ、インドアな趣味ばかりではあるのだが……。

そんなある日、この部屋の秘密を知ってしまったのだった。

「はあ」

溜息をつく。

机の上にあるボイスレコーダーを持った。

「……」

静かになった部屋で、ボイスレコーダーのスイッチを入れる。

「あ、あ～　僕の名前は新田裕太です……」

言い終わった後に無言で十秒、間をあけた。それから録音を止める。

「はあ」

もう一度溜息をついた。ボイスレコーダーの再生ボタンを押してみる。

「あ、あー、僕の名前は新田裕太です……」

最初に自分の声が再生される。しかし問題はここからだった。およそ三秒後。

「こんにちは、裕太。『く、トゥルフ・ふ、タグン、く、トゥルフ・ふ、タグン』」

「……」

入ってはいないはずの女性の声と男の声が再生された。

「……」

再生を止める。秘密というのはこのことだった。


彼女の名前はアリス。講義を録音するために買ったボイスレコーダーを試しに使ったときに、入ってしまった「声」である。

好奇心からこの数週間、僕は彼女と話をしていた。

「君は何者？　なんで声だけ入っているの？」

いろいろと話はしてみたものの、彼女は自分のことについての質問には無言である。

ただ彼女が反応する話もあった。

「君の誕生日はいつ？」

この質問には、特別反応を示してくれた。

そして机の上にあるノート。これは彼女の話を聞いて僕なりにまとめたものだ。

彼女が話してくれたのは、ほとんど童話のようなお話である。本の世界に迷い込んだ主人公が、その世界から元の世界にもどるために何万回も呪文を唱えなくてはならないという話だった。

『ふ、ングルイ・む、グルウナフ・く、トゥルフ・る、ルイエ・う、ガフナグル・ふ、タグン』

僕はペンを持ちノートを広げて、今日の実験を始める。

録音。

「こんにちはアリス。今日は誕生日なんだよね」

止める。再生。

「そうよ裕太！　今日は特別な日よ」

止める。彼女はうれしそうだ。今日はどうやらいつもの童話ではないらしい。録音。

「そんなに特別な日なのかい？」

止める。僕はアリスが興味のありそうな内容を尋ねてみる。再生。

「そうよ！　今日はね、友達が増える日なの」

止める。友達が増える？　これは新たな情報だ。録音。

「それは、どういうことなのかな……詳しく聞かせてほしいな」

止める。再生。

「いいわよ裕太。今日は特別な日だからね。それじゃあまずはあなたのノートを見せて？」

止める。言われたとおり、僕はノートを開いた。録音。

「開いたよアリス」

止める。再生。

「ありがとう裕太！　これで準備オーケーね」

止める。どういうことだ？　僕はノートをもう一度見た。

「えっ……」

僕は目を丸くした。ノートの内容がすべて消えていたのだ。

「ありがとう。私をこの次元に帰してくれて」

後ろから声が聞こえた。

「えっ？」

誰かに肩を押された。

「今度はあなたが入る番よ。く、トゥルフ・ふ、タグン」

この日は僕にとって特別な日となった。

「だずけでえええええええええええ！」

シせるクトゥルフ、ルルイエのシンデンにてユメをミながらマちツヅケル

12　死ぬ火星

「最悪だ……」

最近昔の夢を見ることが多くなった。

ベッドから起き上がって時計を見る。深夜の二時過ぎ。

「はあ」

僕はシャワーを浴びに浴室へ向かった。もう朝まで眠れそうになかった。

早朝、寝不足のまま学校へ向かう。上り坂に差しかかったところで、後ろから声をかけられた。

「おはよ、ユウ」

「おはよう、真矢」

今日は長期休み明けはじめての登校日だ。夢のせいもあってやる気が出ない。話しかけてきたのは椎名真矢（しいなマヤ）。彼……いや彼女は同じ中学二年生だ。

僕と真矢が出会ったのはまだ小さな頃だった。真矢は鈍くさくて、いつも僕の後ろを付いてきた。真矢は、身体は男の子だったが心は女の子だった。はじめのころこそ僕は嫌がっていたが、次第に慣れてきて、いつの間にか一緒にいることが当たり前になった。僕たちどちらにも友達がいなかったというのもある。さらに、僕らの親も関係している。僕と真矢の両親は同じ研究機関で働いていて、しかも仲が良かった。

この研究機関が何をしているのかは知らない。宇宙研究をしているとは聞いている。けれどそれ以上の情報は教えてもらえなかった。火星には秘密が多すぎるのだ。大人は子どもに、さも当たり前のように真実を隠そうとする。

もし政治も大企業の会合もガラス張りの部屋で行う地球だったら、こうはいかないだろう。

地球には、色んな意味で憧れがあった。本物の青い空、本物の青い海、そして開かれた社会制度。

僕はふと空を見上げる。その色は、南国の海のように真っ青だった。と言っても、南国の海の青なんて見たことがない。火星にはまだ海がないし、僕らが地球に観光に行けるのは二百年は先だと言われている。

この空はまがいモノだ。特殊なシールドに描かれた空に過ぎない。シールドは星全体を包んでいるのではなく、僕たちの住んでいるイーハ地域など、それぞれの地域を覆っているだけの部分的なものだった。

真矢が同じく空を見上げて呟く。

「明日は曇りだね」

「そうだな」

オゾンのシールドに映像が現れ、明日の天気を予報する。人工オゾンシールドは、危険な宇宙線を防ぐだけではなく、熱や気圧、果ては季節まで管理することができる優れモノだ。そのおかげで豊かな緑の大地を手にした地域もある。けれど僕は、一度でいいから青い空を見てみたかった。この火星から離れて。

教室に入ると同時に始業ベルが鳴る。

僕は窓際の席に座りながら、外にある緑の木をじっと眺めていた。教室は校舎の二階にあり、外の景色を見回すことができるこの席を僕は気に入っていた。先生が教室に入ってくる。休み明けの一時限目の授業は「言語」だった。授業で使うテキストは「かぐや姫」。およそ百年前に宇宙神話史に登録された「ニホン」の神話だ。

眼鏡をかけた少しふくよかな言語教師の授業は教科書通りで、内容は全てバーチャル技術を応用したパソコンで行われた。

テクノロジーを利用した環境は良いものだと思う。けれど、便利になっても人間の本質は変わらない。おかげで新人教師である彼女は、授業の遂行に苦労している。技術が進んだって、教師が子どもたちを把握できていなければ、学級崩壊する。授業中のおしゃべり、デジタルの落書き、動画視聴。もう誰も、彼女の話なんて聞いていなかった。

「このように、天の羽衣とは人間の記憶を改ざんする力があるアイテムだと推察され……今日の授業はここまで！」

　そこまで話すと、先生は授業を打ち切り教室から出て行った。教室が沸く。あとは自由時間になったのだ。

「ねえねえ」

「ん？」

　さっそく隣の席の女子が話しかけてきた。

「ユウ君ってどこに住んでるの？」

「……」

僕が彼女の目をじっと見つめると、すぐに彼女は視線をそらした。

「君って、暗いよね」

嘲りの笑顔を残して、彼女は席を立つ。僕はこういうとき上手く話せない。昔から友達付き合いというものが苦手だった。


僕の一日はだいたいこうして終わる。崩壊しているクラスで得るものは特になく、校舎を出て長く続く階段を一人で下りていく。学校に行って帰ってくるだけの日々。途中猫が横切り、人間と同じように見える警備用アンドロイドが通っただけで、それ以外は誰かと会うこともない。僕の日常と同じように、世界は無機質でつまらなく見える。

いや、よく目を凝らせば何にもないわけではない。階段の傍にある寺は、地球時代の名残を残している由緒正しい佇まいだ。僕らの学校は世界中の（つまり地球時代で言うところの二百か国すべての）人が一人ずつ入っている。一つの学校に多様な民族を集めることで、子どもたちの多様性を高めようというわけだ。この寺は、どこかの「ニホンジン」がお金を出して建てたもので、その人は寺に思い入れがあるらしかった。他にも、ちょっと歩けば誰かが建てた教会などが並んでいる。

見ようと思えば、地球時代の名残も火星特有の先進的な施設もいくらでもある。けれど僕には、とりたててそれらを楽しもうという気力がなかった。うつむいたまま歩き続け、家の玄関に着く。そこにはアーチ型の設備があり、くぐったタイミングで生体がスキャンされる。こうして家のドアが開く仕組みなのだ。

家は一戸建て。しかも、今では伐採してはならない地球原産のヒノキを使っている。木の家とはいっても最新鋭の設備が整っており、核ミサイルが落ちてきてもびくともしない。核ミサイルなんて落ちてくるのかとも思うけれど、火星の家々は何故か、頑丈に作ることを美徳としているようだった。

「ただいま」

誰もいない家に入り、僕は声を出した。もちろん返事はない。それから洗面所に向かい、うがいをする。両親がいつもいない家だから、僕はすでに孤独に耐える能力を身につけていた。

帰宅したらリビングでテレビをつけて、ニュースを見るのが日課だ。ニュースには相撲のなんとか富士が怪我をしたと流れている。彼の髪の色は青だった。あいにく相撲には興味がなかったので途中でテレビを消し、自分の部屋へと向かう。

「はあ」

息を吐き、家の中を進むと質素な部屋が僕を待っていた。ベッドと机とクローゼットの他にはなにもない。

ベッドで横になると、スプリングがきしんだ。こんなところだけは前時代的だ。

しかし、すぐに起き上がる。向かう先は机だ。何も載っていないシンプルな机に声をかける。

「パソコンを用意して」

　そう告げると机の天板が自動で開き、赤いボードが出てきた。これが僕のパソコンだ。キーボードはクリスタル製の透明なもので、文字盤だけが浮かんでいる。

　椅子に座った僕はさっそくパソコンを起動する。

　火星社会では中学生にも職が与えられるのだ。火星人類の恒久的平和のため、常に僕たちは発展し続けなくてはならない。

　立体映像が現れると、僕は頭の中に入っているマイクロチップをスキャンする。

　すると「ＯＫ」と文字が浮かび上がり、今日の出来事が画面に映し出される。これは僕の脳内情報だ。そう、脳内の情報を政府に提供する。これが僕の仕事なのだった。

僕の脳内のマイクロチップには特殊なＡＩ「スネイク」が搭載されている。このＡＩは、僕に関連する重要事項やニュースが発生すると、すぐに言語化して知らせてくれる。場合によっては映像を見せてくれることもある。他にも、身体に不調があったときは脳に信号を送り必要な抗体を作らせ、治療する働きも持つ。しかも医療用ナノマシンよりも身体への適応能力が高いため、より安全だと言われている。おかげでチップが入って以降、僕は風邪をひいたことは一度もない。言わば僕は機械と融合した人間、トランスヒューマンになったのだ。

ある日、僕はとあるシナリオ賞に入賞したとの連絡を受けた。ＳＦをテーマにした作品を募集している賞の十五歳以下の部だった。こういう賞に限らず、火星全土で何故か「十五歳以下の部」というのは多かった。どうしてだろうと常々思っていたが、そのときは先生からクラス全員が応募するよう言われたので、僕も嫌々ながら話を書いたのだ。

入賞は、ドーム間通話で知らされた。しかも、早くもドラマ化も決まったと言われたから驚きだ。そのシナリオは「星の終わり」というタイトルで、人類滅亡をテーマにした話だった。賞を取ったと知らせると、父も母もちょっと大げさすぎるほどに喜んでくれた。

数日後、僕を待っていたのは脳内の情報を提供せよという政府からの命令だった。僕は頭の中にチップを埋め込まれた。でもそれを特に何とも思わなかった。「スネイク」にアクセスできるのは便利だな、くらいの気持ちだった。

そして現在まで、こうして一日一回政府に脳内の情報を提供している。僕はパソコンの画面をタッチしてから、キーボードをたたき始める。新しいシナリオを書き進めようと思ったのだ。

「……」

ふと手を止める。

ちょっと後ろを振り返ってから、パソコンのメッセージ機能を開いた。幼馴染の真矢に『ばれてるぞ』とメッセージを送る。

するとクローゼットの中から「えっ」という声がした。

「はあ……」

僕は溜息をつくとクローゼットの扉をガラっと開ける。

「や……やあ！　ユウ？　久しぶりだね！」

「……朝会っただろ」

げんなりして答えると、真矢は挙動不審な態度そのままに、手をひらひらと振った。

「わー。驚くかと思ったのに、意外と平気そうだね〜。この分ならもっと凝った家宅侵入の仕方を考えないと」

僕は無言でしっかりとクローゼットを閉めた。真矢の戯言に付き合っていたら日が暮れる。

「ちょっ！　待って！　あけ……開けて！」

そのままお茶を取りに下の階へと向かった。クローゼットが鳴っているが気にしない。あれはクローゼットの鳴き声。そう思うことにした。なかなかにうるさい生き物だと思った。

「ふう……まったく、ユウは女の子に対する扱いがなってないよ！」

一階から戻って、扉を開けてやる。反省の様子はない。そして僕のいれたカモミールティーを飲みながら、真矢は憤慨した。いや、正確には「憤慨しているフリ」をした。

「真矢には色々言いたいことがあるけどさ」

「何？」

彼女は視線を泳がしながらお茶を飲む。

「まず、どうやって家に入った？」

「待って！」

彼女は僕に手のひらを見せて、待ったの状態を作る。

「どうした？」

「私ね……最近変な声が聞こえるの」

「そうか」

二人の時間が止まる。何を言っているんだ、こいつは。

「だから、どうやって家の中に入った？　それから……」

「待って待って！」

「どうした？」

彼女はもう一度、僕の話を途中でさえぎる。

「ユウ、あのね」

「ん？」

「わざと？　わざと私の話、聞かなかったことにしてるよね？」

僕は一息つくとこう答えた。

「その話、僕じゃなくて医者にすべきなんじゃないの？」

僕は彼女から離れて机に戻り、シナリオを書き始める。

「……ごめん」

「それで？」

しょんぼりした真矢の雰囲気に気おされて聞くと、彼女はパッと顔を上げる。子犬のような純粋さとまっすぐさを持っている真矢は、ときに眩しく感じられた。

「あのね……。夜になると時々声が聞こえるの……ノアって」

と、真矢は静かに答えた。まるで幽霊の声を聞いてしまったような顔をしている。

「はあ……少し待ってろ。これを片付けたら話、聞くから」

僕はそう言うと、脳内から情報を取り出したデータを政府の特殊機関に送った。

「すごいね。シナリオまだ書いてたんだ」

いつの間にか彼女は画面を覗き込んでいた。

「そりゃ、僕にはこれしかないからな」

僕はそう言うと横目で彼女を見た。

「そうかな？　私はそう思わないけど」

「真矢こそ、なんでそんな才能があるのに、わざわざシャーレイ中に転校してきたんだ？」

シャーレイ中は僕が通っている中学校の名前だ。シズク町の中心にある校舎は、町で一番大きい建物でもある。一つの学校につき、同じ国出身の人はひとりまでという規則を破ってまで転校してきたんだから、よほどの事情があるのだろうと思った。

ちなみにシズク町の隣がモリーオ市だ。真矢は少し前までそこの中学にいたはずだった。

「実はね、その「声」に行けって言われて」

「へー」

「聞いてる？」

「一応」

　真矢もおかしいが、そんな適当な理由で転校を認める政府もどうかしていると思う。僕はなんとなくイラッとして、それは真矢にも伝わったようだった。

「ご……ごめん」

　彼女はふざけた性格にも思えるが、僕と同じく「ギフテッド」だ。つまり、天才の一人。専門分野は天体観測。真矢が星を見る姿を何度か見たことがある。星を見る彼女の目は輝いていて、その表情は僕を軽く夜空まで引き込んでいくようだった。

「で、天体観測中に変な声が聞こえると……」

「そうなんだよね。でも……もうやめようかなって……。空を見ても、さ。結局嫌なものしか見つからないから。声のこともあるし」

彼女は僕と視線を合わせようとしない。

「そうか」

一言だけ返事をして、僕はパソコンでまたシナリオを書き始めた。

「ねえ、ユウ?」

「なんだ?」

「怒ってる?　私が星を見るのを辞めちゃうの」

「怒ってない。ただ……残念だ」

静かに時は流れていった。わざわざそんなことを言いに、真矢はうちまで来たんだろうか。

「あっ!　そういえば!」

「なんだよ。今度は!」

とにかく今日は、シナリオが全く進まない。

「はい!　ユウのお母さんからだよ」

真矢は一枚のカードを取り出した。

「……」

僕は無言で真矢の手のひらに乗っているカードに触れる。このカードは昔からの伝統を引き継いで、手紙と呼ばれている。受取人がタッチすると立体映像と差出人の声が再生される仕様だから、もはや紙とは全く関係ないのだが。

「遺伝情報を確認。レターを開きます」

すると、母の映像が現れた。

『ユウ、元気かしら？　今日からお父さんの仕事の都合でトーボに行くことになりました。帰れるのはいつかわからないから、真矢ちゃんの言うことはちゃんと聞くこと。それと、戸締りはしっかりね』

そしてカードの光が消えた。ここで手紙は終わり、というわけだ。我が両親ながら、なんとも簡素な連絡である。

「というわけでよろしく……ユウ？」

「……」

僕は返事をせず、カードを割ってゴミ箱に捨てた。

「で?」

「で、って?」

「なんて言われたんだ? うちの親から」

「うーん。なんかうちの家族もトーボに行ったみたいなんだ。私もユウも一人になるから、一緒に住むようにだって」

「なるほど」

トーボというのはシズク町の外れにある山の名前だ。特殊な研究施設もあるので多分、政府に招待されたのだろう。理由は不明、いつまでかかるかも不明。どうせ親に聞いても、何の研究かは教えてくれない。火星特有の「秘密」なんだから。

僕はパソコンを閉じると、またお茶をとりに一階に向かった。

「何食べる？　ユウ」

「炒飯か、サプリメント」

僕は、食事をいつもサプリメントですませる。赤いカプセル、緑の錠剤、白い粉末。この三つを身体に取り込めば、半日は動ける。しかも、満腹感まで得られるというのだから非常にありがたい。

けれど真矢はほとんど使わないキッチンへと向かう。一体何をするつもりだろうと思ったが、しばらくして僕を呼ぶ声が聞こえてきた。ちょうどシナリオもひと段落していたので、一階のキッチンに顔を出すとテーブルには出来上がった炒飯が置かれていた。

「おお～」

「なにその反応」

「いや、真矢も飯を作れるようになったんだなあと」

「油断した？」

「ああ、結構」

僕はさっそく椅子に座り炒飯を口に放り込む。

「美味しい……」

意外にも、機械で作られたものやサプリメントより、真矢の手料理の方が美味しかった。

「でしょう！」

僕がそのまま食べ進めると、真矢は嬉しそうな表情をこちらに向ける――母親が子どもの食欲を喜ぶように……いや、姉が弟の成長を喜ぶように……いや……。もっと他の愛情がそこにあったが、僕はそれに気づかないふりをする。

少年期というモラトリアムは、捨てるにはすこし惜しい。

一気に食べ終わると、真矢はお茶を用意してくれた。

「どうぞ」

「ありがとな」

「いえいえ。そういえば、超新星爆発の話、知ってるよね？」

「ああ、今日もニュースになってたな」

　超新星爆発とは、恒星が一生を終えるときに見せる大爆発のことだ。その際、大量の放射線が放出される。それがもしこの星に降り注ぐことになれば生物は消滅する。そして、今回の超新星爆発の放射線は火星まで届きそうとのことだった。もちろん一大事だったが、火星の住民は妙に楽観的でもあった。

「数年後だってね」

「どうなるんだろうな」

　僕と真矢は、この超新星爆発についての話で盛り上がった。数年後にその影響が地球と火星に届くらしい。それは最新の衛星による予測だった。世界が終わるってことだ。しかし、僕たちにはそんな実感はもちろん湧かなかった。

ただ、僕が今書いているシナリオでは、超新星爆発をテーマにその十数年後の未来が描かれている。書かなければならない、という気がして毎日少しずつ進めている。人類の滅亡なんて自分にはどうにもできないからこそ、これを書いているのだった。

超新星爆発が起こった後、人はどうなるのだろうか。結末を希望的にするのか、絶望を語るのか、それはまだ決めかねていた。

(ノア)

「……？　なんだ？」

僕は椅子から立ち上がる。誰かの声が聞こえたのだ。無機質なＡＩ「スネイク」の声とは全く違う。不思議な声が頭の中ではなく外から響いてきたように思えた。

「どうしたのユウ？」

「聞こえないか？」

場が静まりかえる。真矢に頭がおかしくなったと思われたんじゃないか。そう考えたが、彼女の反応は違っていた。

「……やっぱり？」

と不安そうに僕の様子を窺ってくる。その表情は強ばっている。

「やっぱり、って？」

「ノアって聞こえるよね!?　私にも聞こえるの！　最近ずっとずっと！」

真矢がさっき言っていたのはこのことだったのかと合点がいく。なるほど、これは脳内にチップを入れたことのある人間……つまり、頭の中でＡＩの声が聞こえる人間じゃないと、精神病棟に急行することになる。信頼できる他人に相談するにしても、相手を選ぶだろう。

（ノア、聞こえますか？）

「ああ聞こえる」

僕は淡々と答える。でも、いつの間にか、僕と真矢は手を握り合っていた。

（よかった。ずっと呼びかけていたんですよ）

「信じたくないけど、それは僕の名前だろう？」

（そうです）

「どういうことなんだ？」

（あなたは大いなる時代の能力を受け継いだまま、今回の人生を始めたのです）

「……僕がノアだとして、何か能力があるとして、どうして僕を呼ぶんだ？」

単純な疑問だった。僕にある能力と言ったら、シナリオを書くくらいだ。そんな僕に、この声の主は何を求めているんだろう。

（私は、かつてのあなたに会ったことがあります）

過去を語るその声は、意外なほどに優しかった。懐かしむように、追憶に沈むように。そして声だけなのに微笑んでいるようにも感じられる。

僕の隣にいる真矢は、僕のことをじっと見つめていた。

「……ユウは怖くないの？」

「怖い……かな」

　僕は、その声の主に向きなおる。姿は見えないが、きっと天井の傍にいるんだろう。もしくは物理的な法則は無視して、とにかく高みにいるのだろうか。

「それで、用件は？」

（話が早くて助かります。実は、我が星の王が発達しすぎたこの星の文明に怒りを覚え、ある星を超新星爆発させました。つまりこの星をガンマ線バーストが襲います）

「それで？」

（あなたには逃げてもらいたいのです）

「それだけ？」

（ええ、それだけです）

「あいにくだけど、僕は逃げるつもりなんてないよ。というか、その話が本当なら逃げ場なんてないだろ」

（では、「星」を見つけて欲しいのです）

「星……？」

（はい）

「それを見つけると、どうなる？」

（あなたを含め、この星の人類は助かるでしょう）

その言葉に、僕は思わず真矢を見る。真矢は僕の手を握り返してきた。星を見つける――それは真矢の得意分野だった。

「見つけるだけでいいのか？」

（はい）

「どうして星を見つけるだけで、人類が助かるんだ？　その理由は？」

（それは言えません。ただ……その星はあなたたちにしか見えない星なのです）

「たちってことは……」

（そう、いま隣にいる、真矢とあなたに）

「なぜ僕らにだけ？」

（見つけて欲しいのは、我が星の王が作った星です。それを王は、選ばれた者にしか見えないようにしたのです。もし、あなたたちが見つけることができれば、私たちは地球やこの星を助けることができるでしょう。あなたはもう気づいていているはずです。どうあがいても今のこの星の技術水準では、爆発の余波であるガンマ線バーストを防ぐことはできないと）

「……いつまでだ？」

「ユウ！　普通の人には見えない星なんて、無理だよ！」

真矢が叫ぶが、声は構わず続けた。

（そちらの日にちにすると三ヶ月後までに。それと、あなたの住んでいる国にこちらから協力を頼むことはありません。そういう契約になっているのです。ですから、あなたたちだけで「星」を見つけて欲しいのです）

「……無理だな」

「そうだよ！　無理だよ」

真矢も声をあげる。そして繋いでいた手を振り払い、近くにあった毛布にくるまった。まるで猫のように背中を丸めて。普通の人間にとって、異世界の住人が自分にコンタクトをとってくるのは恐ろしい以外の何物でもない。これが通常の反応だろう。

仕方ない、と僕は一人で話を進める。

「契約っていうのは？」

（あなた方の遺伝子に刻まれています。あなたたち人類が誕生してからずっと）

「もしかしてそれは何万年も前からか」

もはや科学的を通り越して神話の域だ。ここまで僕は宇宙人と話している気分でいたが、どうやらこの相手は、そして声の主の言う王とは、もっと超越した存在であるらしい。科学では何とかできない。超常現象というより、魔法のようなな。

これじゃあ、僕から聞けることはそう多くない。

「この話の信憑性は？」

すると脳内ＡＩ「スネイク」が僕に超新星爆発に関するデータと映像をイメージとして見せてきた。どうやら、声の人物から何かしらの情報を取得したらしい。僕は流れてくるデータを脳内で精査する。考えた末、全身から血の気が引いた。

「本物か！　数年後って説明した政府の発表はダミーか！」

脳内ＡＩ「スネイク」からの情報と今の話を組み合わせて、「三ヶ月後までに」という言葉が正しいとわかった。つまりあと三ヶ月でガンマ線バーストは火星に到達する。人類にやれることはない。この声の主の話に乗るしかないのだ。

「あんたの名前は？」

（ナイアーラソテップ）

叫ぶように聞くと、声は静かに名乗った。それを最後に、何も聞こえなくなった。静けさに包まれた部屋で、ひっそりと真矢が告げる。

「どうするの？　ユウ……」

　真矢は今にも泣きそうだった。

「見つけるしかないだろ。その、僕たちにしか見つけられない星ってやつを
……」

だって僕はまだ死にたくない。真矢が美味しい炒飯を作れることを知った。真矢と話したいこともある。生きようと思うことは罪にはならないはずだ。

　そうして僕らの時間が動き始めた。


　まず、僕たちは大人たちに頼ることにした。しかし、学校の先生に話しても真面目に取り合ってもらえなかった。政府にも連絡をしたのだが特に反応はない。確かに、国を当てにせずに僕らだけで探すようにと言われたのだから、当然といえば当然なのかもしれない。

夜中の十時過ぎ。

僕たちは家の庭から夜空を見上げていた。

「真矢～。望遠鏡セットしたぞ～」

「こっちも大丈夫！　さっそく始めよ！」

僕はパソコンを、真矢は望遠鏡をいじっていた。少し型は古いが、今用意できるのはこれしかないから仕方がない。僕は真矢に任せ、隣で夜空を見上げた。

「なあ、見つかりそうか？」

僕が真矢に呟くと、「全然」とだけ返ってくる。

「だよなあ。見つかるわけないよな……だって……」

この星には『オゾンシールド』があるのだ。どこかの画家が空の絵を描いただけのシールドだ。熱いコーヒーを飲み始めると、真矢が軽快に笑う。

「シールドの問題は大丈夫だよ」

「えっ？」

「二年前かな。夜のシールドは紫外線の影響も少なくて透明なものに張り替えたの」

「知らなかった」

「ユウは世の中に疎いからね。でも、今の技術をなめないでよ。新しいシールドの研究には、私も関わってたんだから」

このとき、少しだけ彼女が頼もしく感じた。

しかし、僕をノアだと語るその人物……ナイアーラソテップの存在があまりにも不気味すぎて、素直に彼女を称賛する余力はない。

僕はどうすればいいのか必死に考え始めたが、何も思い浮かばない。だいたい、僕がノアだからって何の能力を持っているのかも説明されていない。

「ところで、ユウってノアなの？」

ちょうど真矢がそう聞いてくる。彼女も、前世のようなものがあるような話を不思議に思っていたらしい。

「ああ、そうみたいだ」

「なにか変だよね？　ユウはユウなのに」

「だよな」

こうして天体観測一日目は、何も成果が出ないまま終わった。

二日目も三日目も同じ。僕は夜空の下、なんとなく真矢のことを考え始めた。


真矢が星を見るのを好きになったのはいつからだろう。

「ユウ君！　私、ホシが欲しい！」

真矢がそう言い出したのは突然だった。まだお互い幼かった頃の話だ。

「どういうこと？」

「だからっ。お星さまが欲しいの！　それでお星さまに、お願いごとをするんだ」

「ふうん」

興味を引く内容でもなかったので、僕はそれについては何も触れずにいた。

しかし、時折それでも彼女は僕に星の話をしてきたのを今でも覚えている。

八歳頃のことだっただろうか。いつも家におらず真矢を放っている彼女の父親が、真矢に天体観測用の望遠鏡を買い与えた。数十万もする本格的なものだった。贖罪の気持ちもあったのだろうか。その大きな望遠鏡を見て僕も興奮したことを覚えている。その時だけは、彼女がうらやましく思えたからだ。それからだろう。彼女が僕についてこなくなって、一人で星を見るようになったのは。

少し寂しい感じもしたが、幼馴染といる時間より、父親のくれた唯一のプレゼントを大事にする方が彼女にとって重要なのだと理解していた。そんなある日のことだった。

「ユウ君！　私、ほんとにお星さまを見つけたよ！」

新星発見のニュース。それは瞬く間に全国に広がり、火星のニホン領はその話題で持ちきりになった。賞賛の嵐だった。星の名前を付ける権利が与えられたので、彼女は堂々と『真矢２１７』と名付けた。自分の名前と誕生日だ。

　そして、星を見つけた彼女が何を願ったのか、僕は聞けなかった。それでも僕は、その時の彼女を忘れはしない。彼女は、本当に幸せそうだった。真矢の願いはきっと叶うのだろうと思っていた。


　あの「声」との遭遇から一週間後。学校で僕は真面目に授業を聞いていた。

「ね、ユウ君？」

「ん？」

　隣から女子の声が聞こえて僕は振り向いた。

「なに？」

「二組の椎名真矢さんって、友達？」

「……いや。なんで？」

僕は聞き返す。

「そこら中で、ユウ君のこと聞いているから」

彼女はそう話してくれた。僕は少しだけ身震いする。学校では目立ちたくないと何度言っても、どうにも真矢はわかってくれない。

仕方なく、昼休みに真矢を呼び出してお説教をさせてもらった。けれど、彼女は納得いかない表情だった。

「でも……」

「もう中学生なんだから、お互い友達もいるだろ?」

そう言うと、真矢はハッとしたように「ユウと友達のことは邪魔しないよ」といってどこかへと消えていった。その後も授業は進み、あっという間に下校時刻となった。帰宅途中でも、相変わらず彼女は僕の後ろをついてくる。隠れているつもりらしいが丸見えだ。僕は途中の下り坂で「はあ」と息を吐くと、後ろにいる彼女に聞こえるように声をかけた。

「もういいぞ」

「うん！」

急いで駆け寄ってきて、僕と並んで歩き出した彼女の顔はパアッと明るくなっていた。昼休みとは大違いだ。

「ねえ、ユウ？」

「ん？」

真矢を見る。どうにも身体がそわそわしているようだった。

「……」

続きを真矢は何も話さない。それは、彼女の不安の大きさを物語っていた。

自分たちにしか見えない星を見つける、そんなことが本当にできるんだろうか。

それができなかったら……？

「大丈夫さ」

「えっ？」

「なんとかしてやる」

「うん」

結局、真矢は学校でも僕の姿を探さずにはいられないほど不安だったのだ。僕も、実はかなり参っている。僕たちの心はすでに弱々しいものになっていた。

そうしているうちに家に着いた。いつものように身体をスキャンし中に入る。真矢もそれに続いた。

帰宅後、最初に僕たちは手洗いとうがいをする。この星では水は貴重なので、空気中に含まれる「二次水分」を利用していた。それが終わるとさっそく準備にとりかかる。もはや日課となってしまった。僕はそれなりに様々な文字が読めるので、父の書斎に向かい神話に関わる古書を取り出して、情報の穴埋めをすることにした。どの本も、データでは残されていない古い書物だ。紙の本というのは火星では本当に珍しい。

「地球最古の文明、シュメール……」

色々なタイトルから、まずその本を選んだ。星を探すためのヒントが欲しい。声の主から聞いた情報は、『ノア』『見えない星』『ナイアーラソテップ』これぐらいだった。

僕の背後にまわりこんで、真矢が訊いてくる。

「とりあえず、ノアは聖書に出てくる重要人物だよね？」

「よく知ってるね、真矢」

「だって、学校でやったもん。ノアの方舟」

「小学校で？　僕はやらなかったけど……」

だが、ノアの方舟については僕も聞いたことがある。確か、神の怒りで世界が大洪水に襲われる。地球の歴史上、こういう神話はいくつもあって、その一つがノアが船を作って人々を逃がしたという方舟神話だ。

「うーん。地域ごとに授業内容が違うんじゃないのかな。私がいた学校ではやってたけど」

「じゃ、ナイアーラソテップは？」

「神様の名前。ほら、地球にはノアの方舟以外にも大洪水の神話があるでしょう。その洪水から、人類を守ったっていうナイアーラソテップっていう神様の伝説があるの」

「へえ」

「ちなみに、ノアのことも詳しく習ったよ。彼は宇宙の神王のしもべだった邪神『クトゥルフ』が地球を大洪水で滅ぼしたときに、それに反対していた別の神様から善良なるものとして選ばれて、最後は人々を方舟にいれて洪水から守ったんだってさ」

「ということは、あの声の主ナイアーラソテップ神がその別の神様ってやつで、今は超新星爆発から人類を守ろうとしているってことか？　人類を守る者として僕を使って？」

「そういうことになるね」

「ばかばかしい」

僕は父の書庫の床に本を放り投げた。

調べれば調べるほど、うさんくさくなっていく。とてもじゃないが、考古学とは言いがたい情報ばかりだった。学問ではなく神話の範疇では、星を探すための筋だった答えは見つからない。

「そもそも、僕がノアなんて……」

そう呟く。

ただ、僕はノアという名前で呼ばれたのは初めてじゃない。以前「あの機関」でも呼ばれたことがある。だから、あの声の主――ナイアーラソテップにノアと呼ばれても、積極的に否定はしなかった。できなかったのだ。

あの機関にいた頃出会ったその人は、牢獄のような施設の観察室にいた。「人の前世が見える」と主張し、頭がおかしくなったとして閉じ込められていたのだ。なぜあの場所に連れて行かれたのかはわからないが、僕は職員に連れられて、その観察室に近づいた。そして彼は、僕を見るなり「ノア様！　ノア様！」と叫んだ。つまりそれが前世の名前だと。

もちろん僕は、信じなかった。

結果、彼はさらに奥まった病室に隔離された。だからそれで終わったと思っていたのに、僕の目の前で自殺をした過去の先生も僕を「ノア」と呼んだ。わけのわからないまま、僕は「あの機関」から追い出された。続いて真矢も。以来、小学四年生の途中から僕らは学校に通うことになった。

こうして僕は、本を読むのを諦めた。こんな神話を読み解くのは、寿命全てを捧げても無理だと判断したからだ。目的は星を見つけること。これだけに集中することに決める。

さっそく部屋を出て一階に下りた。真矢が後ろからついてきたが、望遠鏡のあるベランダまで行くと、一目散に駆け出した。本当に星が好きなのだ。

中庭に出られる部屋のドアを開いた。部屋の中は涼しいが、外はそうでもない。

ふと視線を向けると、中庭で真矢が星の映像を見ていた。近づいて、後ろから話しかける。

「見つかったか？」

そう呟くと僕の方を見る。

「ううん」

「そうか……そうだよな」

そんなにすぐに見つかるはずがない。真矢は、星図を確認しつつ、星図に載っていない星がどこかにないか、しらみつぶしに探しているのだ。大変な作業だった。そして僕に手伝えることはない。考えることくらいだ。

なぜ僕がノアなのか。なぜ人類は滅ぶのか。洪水伝説とガンマ線バーストの関係は……。

考えているうちに、僕は昔観た合衆国映画を思い出す。隕石の衝突を阻止するためにロケットに乗りこみ、隕石そのものを爆破するという映画だ。とても感動した。

でも映画は映画で、現実は現実だった。

「なあ、今日はもう諦めないか？」

空を見上げると、ちょうど雨が降ってきたところだった。火星においては貴重な雨。けれどこれでは風邪を引いてしまうかもしれない。

「うん。そうだね……諦めようか」

しかし、真矢は望遠鏡を操作する手を止めない。

「はあ……」

僕はお茶を二人分用意しようと立ち上がった。

「ねえ、ユウ」

「ん？」

「もうちょっとだけ頑張ってみない？」

真矢はそう口にした。――彼女は生きたいのだ。

地球に超新星爆発の影響がくる。つまり火星にも宇宙線が降り注ぐ。この話は二年前に既にニュースになっていた。そしてこの余波が来るのは、数年以内という報道のはずだった。

しかし、ナイアーラソテップの話からそれが嘘だとわかった。ＡＩ「スネイク」もそれを肯定した。人類滅亡までのタイムリミットは、火星では僕たちだけしか知らない。ナイアーラソテップは三ヶ月だと言っていたから、たぶんそうなのだろう。

そして、火星では何も知らず多くの人々が普通に生活を続けている。ただ、タイムリミットが一年でも数日でも、ましてや明日でも、人間たちは生活を変えないだろう。それは今の技術力を考えれば当然のことだ。

この星を地域ごとに包んでいるオゾンシールドは、現在、宇宙線の影響も完全に遮断する力を持っている。そこまで絶対的なものだと知ると、人はいくら超新星爆発といえども問題ないと思いこみ、一部の人間以外はこの話をないがしろにする。その数が多ければ多いほど危険意識はなくなっていく。集団心理の恐ろしいところだ。正常性バイアスは、ときに集団を狂気にする。

僕は、お茶を用意して真矢の側に置き、自分の部屋へと戻った。僕にもやることがあるのだ。

部屋に入りパソコンの電源を入れる。そしていつも通り、脳内のデータを取り出して政府に送った。それが僕にとっての日常だからだ。

カタ、と音がして突然写真立てが台から落ちた。僕はそれを拾う。写真を見ると多くの子どもたちが笑っていた。あの施設の写真だった。

あそこを追い出されるとき、なぜかこの写真は持ち出してもいいことになったのだ。なぜか？　もしかして、いまこのときのために……？

僕は真矢がいる一階へと階段を下りた。

「真矢、ちょっといいか」

彼女は相変わらず星のデータ映像を眺めていた。

「どうしたの？」

「考えたんだけど……E機関に助けを求めよう」

彼女の瞳は不安そうに揺れた。

「でも、それって……ユウは嫌がってたじゃない」

「星は見つかりそうなのか？」

「……さすがにもう無理」

真矢は沈痛な面持ちで俯く。やはり、芳しい成果はあがっていないようだ。

彼女ほどの天才になると、自分が本当にそれを見つけられるかの勘も働くらしい。彼女の表情は、将来が絶望的であることを語っていた。

僕らはこのままでは火星が滅亡することを知っている。だからこそ、E機関に助けを求めるしかない。できることは全部やりたかった。

僕は信用できると思っているかつての仲間に連絡を入れた。


その日から、僕と真矢は学校を休むことにした。そう連絡したが、親からも学校からも特にリアクションはなかった。放っておいてくれるのはありがたい。これから本格的に『見えない星を見つける』話に踏み込むつもりだ。

「はああ」

朝、僕はベッドから起き上がるとあくびをした。まだ少し眠い。伸びをしながら一階へと向かう。庭に出てみると、真矢が既にパソコンを開いて何かをやっていた。昼間は天体観測はできないが、星図をまた確認しているのだろうか。

「真矢！　飯作るから手伝ってくれ」

「あ！　うん！」

彼女はパソコンを持って家の中に入った。

今日の朝ご飯はハムエッグにした。それと味噌汁と牛乳をセットにする。

「相変わらず微妙な食べ合わせ」

「誰にだって好みの組み合わせはあるさ」

僕はそう言うと、真矢にハムエッグを任せて味噌汁を作り始めた。キッチンに美味しそうな匂いが漂う。こんなに平和で平凡な朝なのに、この星は滅亡へと向かっている。僕と真矢はあえていつも通りの雰囲気で朝食をとった。学校には行かずに、部屋に戻る。

「ねえ。もう一度ナイアーラソテップさんに連絡とれないかな……？」

「どうだろうな。ナイアーラソテップがあの神話に出てくるシュメール神なら、あと何回か接触してきてもいいはずなんだけど」

「それはどうして？」

「神が大昔、人間を滅ぼそうとしたときに唯一助言をくれたのがナイアーラソテップなんだから。優しい神様ってことになるだろ？　だから、滅びる前に何も連絡がないってことはないと思う」

「なるほど」

さっそく準備を始める。今日はきっと進展がある。だって、僕らからすると重要人物を呼び出してあるのだから。午前九時、張りの良い声とともに我が家のインターホンが鳴った。

「おーい、きたぞ！」

声の主は、ジェフ。

僕らの友人……とまではいかないが、E機関で一時期一緒の時間を過ごしたジェフ・アッカードだ。

「あいかわらずの緑だな」

「いいじゃん、俺はコレが好きなんだ」

ジェフはハルキーヴァ中学の三年生。背が高いのが特徴で、髪の色は緑。さらにオッドアイでもあった。年上だけれど、フランクな性格をしている。

「んで、なんで呼んだんだ？」

僕の部屋の床に座り込み、ジェフは首を傾げる。

「これを見てくれ」

「ん？」

僕たちの集めたデータ資料に目を通すと、ジェフの表情は一変した。

「わかるか？」

「ああ。やっぱりか」

「やっぱりって？」

「……ナイアーラソテップだろ？」

彼はその名前を呟いた。

「なんでお前が知ってるんだ」

「まあ……色々と」

驚いて僕は訊ねたが、ジェフは表情を曇らせたまま、はっきりとは言わなかった。

「ということはE機関の奴らは知っているのか？」

この質問にもジェフは答えずに頭をかいた。

「えっ？　なんでE機関が出てくるの」

真矢もジェフに訊ねる。困った顔をしたジェフは、諦めたように大きく溜息をついた。

「実はさ、お前らだけじゃないんだよね。この件に関わってるのは」

「どういうことだ？」

「私たち以外も、星を探してるの？」

「あーもう、最初から話そうか」

ジェフは一息置いてから、一気に話し始めた。

「今から数十年前、ナイアーラソテップと名乗るものから火星の住人にテレパシーが届いたんだ。それが最初のコンタクトだったみたいだね。ただし、全員にじゃない。不特定多数で、しかも子どもだけに……」

僕と真矢は、ジェフの話を黙って聞く。

「合衆国はその事件の起きた北西部の農村に対して、諜報機関を使い聞き取り調査を行ったそうだよ。すると、子どもたちは『火星が滅ぶ』と言われたって話し出した。それを回避する方法もナイアーラソテップは教えてくれたらしいね」

一人だけが話し続けるその時間が、僕らの恐怖を煽った。

「ま、つまり国は知っていまの状態だってことだ」

「ジェフ。たしかに、国の機関などは全て知っているようなことをナイアーラソテップは言ってた。でも、それなら何故情報が市民に伝わってない？」

「ああ、そのことか。つまり合衆国を含む火星政府には、何もできないからだよ」

「それがわからない」

「合衆国にどこかから圧力がかかったって聞いてる。大衆に知らせないようにって」

「圧力……」

「ああ、多分ナイアーラソテップたちの星の奴ら、つまり宇宙人たちじゃないか？　まあ、俺が知ってるのは噂レベルだけどね」

「そんなにやばい話なのか」

「まあな」

少し考えてから、僕はジェフに問いかけた。

「ジェフはなぜこの話を知ってる？　E機関が関わってるってことか？」

「ああ」

ジェフは鞄の中から缶コーヒーを取り出して、蓋を開けた。

E機関。

それが、僕たちがいた特殊施設の名前だった。

天才と言われる子どもたちだけを集め、持っている能力を最大限に引き出すための政府公認の研究機関だ。「小学校」としての役割も持っていて、そこのイーハ支部に僕と真矢、ジェフの三人は通っていた。僕は科学技術ライターとして、真矢は天文学者の卵として、ジェフは考古学の天才として。

「ナイアーラソテップの声は十五歳までの子どもにしか聞こえない。そこでE機関に白羽の矢が立ったってことさ。この星を救うための基礎教育機関としてね」

そう言うとジェフはコーヒーを飲み干し、空き缶をテーブルに置いた。

「真矢？」

僕は真矢を静かに見つめる。

「雨……」

窓の外を見ると、確かに雨が降り出していた。真矢は望遠鏡を移動させるために庭に出て行く。僕は彼女を追いかけた。

大事な望遠鏡を家の中に戻して、それから真矢は神妙な顔つきで言った。

「ねえ、ユウ」

「ん？」

「ジェフの話が本当なら、私たち以外にも星を探している人がいるんでしょう。ずっと前から」

「そういうことだな」

「じゃあ、あと三ヶ月で私たちが見つけるなんて、無理じゃない」

「……そうかもしれない。でも」

「？」

「あがきたい」

今度は僕が意地を張って家の中へと戻った。

僕たちは、小学四年生までE機関で過ごした。

E機関は、才能のある児童を集めて独自の方針で育成する組織だった。将来的には、国益のためになる人材を育てるのがねらいだった。しかし、その中で僕や真矢はどちらかというと落ちこぼれだった。結局僕らはE機関を去ることになって、そこを出た後に二人とも功績を残したのだけれど、それもある程度は――あくまである程度は――あの施設での特訓が糧になっているんだろうと思う。

E機関のすごいところは、目的を達成するとそれに見合ったものが得られるということだった。個人用のスパコンをもらった小学生もいたし、大人と同じプロジェクトに参加した子どももいる。成果さえ出せば、そういう夢が叶うのだ。あいにく、僕と真矢はE機関で成果は出せなかったけれど、中学生になった今自由奔放でいられるのは、E機関にいたからというのが大きい。

「ユウ、この話は眉唾なんだけどさ」

昼食のラーメンを食べているとき、ジェフが僕に話しかけてきた。

「何が？」

「E機関って、こういうときのために作られた組織だって噂」

真矢と僕は首を傾げる。

「ええと、それってナイアーラソテップの予言があったから作られたってこと?」

「人類滅亡の可能性を大人たちがクソ真面目に考えてたってわけか?」

「そういうこと」

ジェフは箸を向けてくる。行儀が悪かったが、今はそれを指摘しないでおいた。

「それにしては、E機関は自由だったたな。上からの圧力もなく自由にやらせていた」

僕はラーメンを食べ続ける。真矢も出来たてのラーメンをすする。

「ナイアーラソテップが言うには、十五歳以上には遺伝的に何もできないらしいからな」

ジェフは食後の缶コーヒーを飲んでいた。

「遺伝的？」

　そういえば、ナイアーラソテップもそんなことを言っていた気がする。

「ああ、噂ではE機関は政府と契約を交わしていて……五百万枚の契約書が『紙』でどこかにあるってくらいだ」

「紙？　いまどきそんな、紙でなんて」

「貴重な紙を、契約書に使っちゃうの？」

　紙にした理由は知らないけどね、とジェフは肩をすくめる。

「俺はだからさ。折角呼んでもらえたけど、諦め気味なんだよね。いまさら考古学でなんとかなる領域じゃないだろう。で、お前らはどうする？」

「諦めるつもりは……今のところないかな」

「どうして？」

　真矢もジェフも、こっちに視線を向けた。僕は空気を吸い込む。

「僕はさ。E機関で二度も『ノア』って呼ばれた。ナイアーラソテップにも」

そのまま、自分の手のひらを殴りつける。

「でも僕はユウだ。前世の記憶なんてない。ナイアーラソテップのことも知らない。他の人間の名前で呼ばれたらどれだけ不快かってことが、あいつらわかってないんだ」

ジェフは、得心したような顔を作る。

「……なるほどね。気に入らないってことか。まあ、どうせダメでも一矢報いたいのはわかるぜ」

「ユウ、怒ってる？」

「怒ってる」

と真矢の言葉に僕は頷く。

「あいつらに僕の本当の名前を教えてやる」

「ＯＫ。お前に協力するよ」

「うん。……そうだね。最後まで諦めない」

そして僕らは、仕切り直してもう一度、ナイアーラソテップの言う星を探し始めた。星を見つけて——それは、人類を救うためじゃない。「あんたたちは勝手だ」と文句を言ってやるために。

けれど、その願いは叶わなかった。

結局、真矢は星を見つけられなかった。学校を休み続け毎日望遠鏡を覗いたが、それでもダメだった。

そして真矢は、ある夜、唐突に消えた。ベランダでいつも通り望遠鏡を覗いていた彼女に、ホットココアを作って渡そうと僕はリビングへ降りた。それからわずか三分後に戻ったときには、もうそこに誰もいなかった。転落した形跡はない。ベランダには彼女のスリッパも上着も置いてあった。トイレにでも行ったのかと思ったが、それもなかった。

失踪ではなく拉致。そういう雰囲気だった。

翌日、ジェフにも連絡がつかなくなった。E機関にいた同世代の知り合いも、全員ダメだった。

火星中で子どもたちの失踪が相次ぎ、大々的に報道された。まあ、超新星爆発が人類を滅ぼすことを知っている人の方が少ないのだから、そっちのニュースが取りあげられるのは仕方ないと言えるだろう。

僕は一人、取り残された。

なぜ僕だけ、という疑問が浮かんだが、当然答えはない。頭の中でナイアーラソテップに呼びかけたが返事はなかった。AI「スネイク」は「おそらくナイアーラソテップによる拉致でしょう」と結論を出していた。

「ふざけるな！」

何が起こったか悟った僕は、夜空に向かって叫ぶ。

「まだ時間はあったはずだ。なのに……！」

なぜ間に合わないと判断して、子どもたちを回収したのか。そしてなぜ自分だけを――天体観測の才能もなく、考古学の専門知識ももたない自分を、回収せずに残したのか。星を探すのは、僕一人だけではできないのに。

「ユウ！　ここよ！」

遠くから僕を呼ぶ声が聞こえる。

「母さん！」

茶色いウェーブの髪を持つ母が手を振る。僕は家の外まで出て駆け寄った。久しぶりの家族との再会だ。母は僕を抱きしめた。

「元気だった？」

「それ、会うたびに言うじゃないか」

「ユウ、大変だったな」

「父さん」

筋骨たくましい父は、とても研究者には見えない。「研究への道は筋肉から」というのが父の座右の銘だ。何を言っているか正直よくわからないが、朗らかな人だった。

「あ、あのさ……」

「ああ、全て知っている。急だが、私たちはこの場所へ向かうぞ」

父は屈託なく笑って、僕の肩をたたく。僕も真矢も、普段から親が家にいなかった。大きな違いは、僕の両親は「僕を愛している」と何度も言葉や行動で語ってくれたこと。そして、真矢にはそれがなかったことだろう。

僕は一枚の白いカードを渡された。いつものように手を触れると、トーボという地名と、大きな山が映し出された。そこはオリンポス山などと同じ、火星世界遺産にもなっている有名な山であった。

「わかった」

「心配か？」

「いや、大丈夫。僕はここに残る。やるべきことがあるから」

「そうか」

「そうね……」

父も母も、しんみりと頷く。超新星爆発のこと、そしてガンマ線バーストによる火星への被害が避けられないことを両親は知っているのだ。今日ここでの会話が、最後の別れになるだろうということは容易に想像できた。

「お前に渡しておきたいものがあるんだ」

そう言って、父が僕に渡したのは紙製の手紙だった。火星上では貴重な紙。紙の手紙の利点は、たとえ全てのデバイスが使えなくなっても、何度でも読み返すことができるところだ。

「父さん、これ……」

「あとでお読み」

父は歯を噛みしめていた。まるで言うべき言葉を飲み込むように。そして、両親はトーボへと向かい、僕はそれを見送った。今生の別れだった。

僕は一人、自分の部屋にいた。パソコンを抱えて最後の執筆に入る。真矢の天体観測は、僕に一つの大きな叡智をもたらした。それは、すべての物事が成功するわけではないということ。誰でもわかっているように見えて、本質的に理解している人は少ない。

真矢は天才だった。努力を続けた。それでも僕らが探す星は見つからなかった。では、成功しないなら諦めてよいのだろうか。そんなわけがない。たとえ成功する確率が低いとしても、最後の一秒まであがき続ける。それが僕ら人間の役割だ。

それを邪魔したのがナイアーラソテップだった。

僕は書き続けた。ナイアーラソテップ神の物語を。

ナイアーラソテップ神には、弟がいた。名前をヨグ・ソトース。穏やかで人間にも優しいナイアーラソテップに比べて、ヨグ・ソトースは激情家で、人間に対して厳しかった。あの洪水伝説でも、人間界に洪水を起こしたのは弟のヨグ・ソトースだったのだ。「愚かな人間をすべて滅ぼす……」という台詞を、しもべのクトゥルフに命令し実行した。ヨグ・ソトースも神だったし、それだけの権力が十二分にあったのだ。

弟の蛮行をみて、ナイアーラソテップはすぐに人間のそばに駆け付けた。ナイアーラソテップは人間に対して穏やかで優しい神だったからだ。そのとき出会った人間が、ノア。彼は大いなる知恵を持って方舟を作り、人類と動物の一部を災厄から避難させた。ここまでは、「ノアの方舟」伝説でもよく知られている内容だ。

しかし、物語には続きがあった。

ナイアーラソテップによって存続した人類は繁栄を謳歌した。戦争がいくつもあったが、ナイアーラソテップは哀しみこそすれ怒りはしなかった。争い憎みあい、殺し合う人々にも、またいとしさを見出したからだ。しかし、人類は宇宙に進出した。

宇宙は、弟・ヨグ・ソトースの管轄下だった。ヨグ・ソトースは、己の領分をおかした人類を許しはしなかった。そしてナイアーラソテップも、地球上内で争うならまだしも、宇宙にまで闘争と殺戮を拡大させることを望まなかった。ナイアーラソテップとヨグ・ソトース――彼らは地球にとっての神々であり、それはつまり、宇宙の統治者だった。昔の人々はそれを全智なる神と崇めたが、なんのことはない。人類より偉大で頭が良い、しかし宇宙を支配している一人にすぎない。

自分たちの住まう星を見つけたら人類を救ってもいいというのが、ナイアーラソテップとヨグ・ソトースの間の、彼らが勝手に決めた約束事だったのだろう。けれど、いまの火星の科学ではそもそも発見できない星だった。

　それでもナイアーラソテップは、人類の一部だけでも存続させようとした。まだ人としての心の形が定まっていない十五歳以下の子どもたちを。それならば、宇宙の倫理協定に違反しない。どこの世界でも、幼子を救うことは否定されなかった。

　そして、ナイアーラソテップは焦って、期限を破った。時間が来るより先に、真矢やジェフ、他の子どもたちを回収した。僕を残した理由は、まだ不明だけれど。


　以上が、僕が考えたナイアーラソテップ神のシナリオだった。もちろん、このすべてが合っているかはわからないけれど、大体こんなものだろう。

　どこの世界であっても、どこの宇宙であっても、人の考えることは同じだ。

百億光年遠い星でも、きっとみんな同じように哀しみ、同じように幸福を感じている。

書き終えた僕は、それを父と母のパソコンに送る。最後の言葉、僕の生きた証として。

ちょうどそのとき、父からもらった白い封筒が青く煌いた。この光り方を見るに、最近流行りの「シャーロック631ペイント」を使っているのだろう。これは、最初に決めた時間になると光り出す仕組みなのだ。データを直接入れるカード型のレターと違い、特殊なペンと紙を使用する手紙である。少し面倒だが文字を書かなくてはならない。そしてペンに備えてある機器で声を録音し、紙にコードを記入する。これで録音した音声が紙についているチップに保存される。あとは紙の「再生」という文字に触れると音声が出る仕組みだ。とても原始的で手間暇のかかる手紙であるが、それだけ思いが詰まっているということらしい。

『ユウへ。お前を産めたことは、私の一番の誇りでした』

母の声がそう告げる。ふと封筒をみるとまだ何か入っていた。「停止」を触り音声を止める。僕は封筒から手のひらサイズの厚い紙を取り出す。

「あっ」

声が漏れた……。それは家族旅行でオスケ山自然公園に行ったときの写真だった。一本の桜の木が綺麗だ。懐かしさがあふれ、僕は涙をこらえながら「再生」に触れる。

『たとえ離れようとも、お前の幸福を永遠に祈っているよ』

父の声が聞こえた。

『けれど、できれば私たちのことは忘れてほしいの。そして、新しい世界で、新しい人と幸せに……』

『なあに、火星にはオゾンシールドがある。心配はするな、これは強力なガンマ線バーストも防げるようになっているんだ。なんたって父さんと母さんの最高傑作だからな。ハハハ、それとな……』

「……え？」

手紙の「再生」がなぜか途中で止まる。そしてあの声が、僕に直接語り掛けてきた。

(ア……)

真夜中、僕は庭に出てトーボ山の空を見上げた。

(ノア)

空に、一筋の光が流れた。

「ナイアーラソテップ？」

(そう。私は宇宙からあなたを見ています)

「真矢はそっちにいるのか？」

そう尋ねたとき、上空に白い星のような宇宙船が現れた。その姿は、地球の衛星である月のようにも見えた。

（あなたが来てくれて嬉しいです。夜でないと、発着場は開きませんから）

「発着場？」

「ま、待って！」

突然、僕の身体が浮いた。

僕は宇宙船の中に吸い込まれていった。手紙の先を、まだ聞くことができないまま。

気づくと、僕は宇宙船の中にいた。その内装ときたら、まるでE機関と思えるほどに似通っていた。

そのとき、ふと気づいた。ナイアーラソテップは、超新星爆発によって火星が破壊されることが決まってすぐ、火星の政府に働きかけて、能力の高い子どもたちを集めたのだ。ナイアーラソテップのもつ宇宙船と同じ構造のE機関で子どもたちを育成し、来たるべきその日に備えるために。

助かる道なんてなかった。最初から結末は決まっていたのだ。

今まで、僕は大人が嫌いだった。大嫌いだった。

でも大人たちは必死だった。自分たちが生き残れないことを知ってもなお、僕らを助けようと社会を動かしていたのだ。

本当のことを言えば、父を恨んだ日があった。母を憎んだ日もあった。けれど両親は二人とも、僕を含めた人類全員を救うために仕事をしていたのだ。今まで募った恨みや憎しみや悲しみが、解きほぐされていくような気がした。

僕は今、大人になったのかもしれない。

（あなたに会えて嬉しい）

声が聞こえた。すぐ横を見ると、髪も肌も真っ白で、無表情な女性が立っている。口はあるが、きっと僕らとは言語形態が違うのだろう。

「ここは、あなたの宇宙船？」

（やはり、聡いですね。では、これから何が起こるかもおわかりですね）

「火星を離れて、別の星へ――」

（そこにたどり着く）

女性は、表情を変えない。すると陽気な音楽が流れ出した。

（そのために犠牲になる人もいます。力及ばない私を、どうか許してください）

表情なく彼女の声だけが頭の中で響く。

その光景はまるで古書「かぐや姫」に出て来る天人のようだった。

ぐるりと宇宙船の中を見回す。周りにはカプセルが何百個と並んでいた。ジェフがいる。そして真矢も、カプセルの中にいた。目を閉じているから、眠らされているのだろう。

(あなたは、この小さな方舟の支配者)

「なぜ僕が?」

(私たちのシナリオを書ききったからです。書こうとしているのは知っていました。だから、あなたは最後の最後まで、火星に残しました)

「読んだのか?」

合っていたか、という問いかけ。それにナイアーラソテップは頷いた。

(さすがはノアですね)

「僕はノアじゃない。僕は僕だ」

(……たましいのことは、あなたが否定しても変えられません。あなたは神々から評価されました。ノアのときも、今も。だからこの方舟はあなたに任されます。この船が無事に宇宙を航海し、星に到着したら、いつかそこでカプセルに眠る彼らが起きるのを待つ役目を、あなたに)

「待って。いつ目覚めるかわからない？　真矢も、みんなも」

（予定では数百年以上先の未来）

「じゃあ、みんなが目覚めるときには、僕は死んでいるかもしれないってことか？」

（延命措置は行います。数百年でも、千年でも、あなたは待ち続けることができます。いつかは目覚めるけれどいつ目覚めるかわからない人々を）

「……」

（断りますか？　それであれば、他の子に頼みましょう）

「いや、いいよ。僕がやる」

白銀の女性は、相変わらず表情を崩さない。ただ、ふふっと笑う声が僕の脳内に届いた。

「なに？」

（ラヴクラフトもそう言いました）

きい）

（さあ、行きましょう。このまま留まっていれば、船の中とはいえ、被害が大

「ラヴクラフト？」

宇宙船の窓を見つめる。そのとき……握っていた手紙から声が聞こえ出した。いつの間にか「再生」を押してしまったらしい。僕はもう一度手紙を開く。

『……ウソつきでごめんな。ユウ』

書かれた文字は『ありがとう。ユウ』。でも、再生された言葉が違っていた。

宇宙船の窓から、火星を見下ろす。夜だが、地表の光が消え始めた。シールドの内側にあるイーハ地域の光も消えていく……。父が安全と言っていたオゾンシールドも、機能しているようには見えなかった。

「ウソつき……」

僕は地表から目を背けた。

『ガンマ線バーストを確認しました』

脳内AI「スネイク」が僕に知らせる。もう振り返らない。振り返っても意味がない。僕は託されたのだ。人類の未来を。大人たちが子どもに捧げた祈りを。

僕は決して許さない。ナイアーラソテップもヨグ・ソトースも。そう決意する。

(これを)

彼女は羽織っていた白い衣を僕に差し出してきた。

「これは？」

(天の羽衣と呼ばれるものです)

聞いたことがある。そのとき、AI「スネイク」が僕の記憶を再生した。授業で、あの教師が言っていなかったか。『天の羽衣とは人間の記憶を改ざんする力があるアイテムだと推察され……』と。

僕はナイアーラソテップもヨグ・ソトースも許さない……そのつもりだった。けれど、受け取ってしまった羽衣が光って、僕の中のAI「スネイク」は機能を停止した。

（お願いしますね）

「はい、ナイアーラソテップ」

僕に選択権はない。

役目を全うするのが僕の仕事だ。この星の終わりを見届けたのだから。今度は新しい星の始まりまでを、見届けるのだ。

数億年後。一つの通信が、太陽系に流れる。

『本日、国際宇宙機構の調査により火星に「水」があることが判明いたしました。これに関し政府は――』

それを聞くのは誰なのか、僕は知らない。

あとがき

皆さん。お世話になっております。作者の杉村修です。

最近はSNSを利用した活動や、各会のお仕事をしております。

2021年から岩手児童文学の会の理事になったりと目まぐるしく環境が変わっているな、と素直に感じております。

さて、今回の作品はクトゥルフ神話を題材にした作品です。

クトゥルフ神話を調べるうえで、海野しぃる先生の「初めてでもよく分かるクトゥルフ講座」には大変お世話になりました。

それと、この小説は人を選ぶ作品だったかもしれません。

その中でも、お手に取っていただけたこと、誠に感謝いたします。

これからも頑張りますので、皆さん何卒よろしくお願い申し上げます。

2022年。杉村修

参考文献

「クトゥルフ神話がよくわかる本」
佐藤俊之監修　株式会社レッカ社編著（２００８）ＰＨＰ文庫
「初めてでもよく分かるクトゥルフ講座」　海野しぃる（２０１６）
その他、Ｈ・Ｐ・ラヴクラフト作品の英版原文など

プロフィール

著者　杉村修
小説家・ＳＦ作家。岩手県雫石町出身。

著書
『注文の多いカウンセラー』北の杜編集工房
『イーハトーブに風の音に』北の杜編集工房
『神話世界のプロローグ』マイナビ出版
『始まりのフェルメイユ』ボイジャー
『雫町ジュークボックス』ツーワンライフ
『アポカリプスエッジ』創士社　２０２２

個人サイト
杉村修のホームページ

奥付

幻想とクトゥルフの雫

発行日　２０２２年３月１日
著者　杉村修
表紙　take64
編集　藤倉シュースケ
印刷・発行　有限会社ツーワンライフ
〒０２８－３６２１
岩手県紫波郡矢巾町広宮沢１０－５１３－１９
電話　０１９－６８１－８１２１